I0659987

Couvertures supérieure et inférieure
en couleur

COUVERTURES SUPERIEURE ET INFERIEURE D'IMPRIMEUR

8°Y²
15895

La fille de jacques l'ouvrier

DEFET D'IMPRIMERIE TROUVE DANS LA RELIURE

La durée de chaque sonnerie, soit religieuse, soit civile, ne pourra excéder dix minutes pour les cérémonies ordinaires et trente minutes pour les cérémonies solennelles. — Sont assimilés aux cérémonies solennelles les cas prévus par l'article 4.

ART. 7

La sonnerie des cloches en volée est interdite pendant les orages.

ART. 8

Dans les cas où en raison de l'état de solidité du clocher, le mouvement des cloches présenterait un danger réel le Maire, pourra, sur l'avis conforme d'un architecte, et après en avoir référé au Préfet,

LA

FILLE DE JACQUES L'OUVRIER

In-12 — 4e Série.

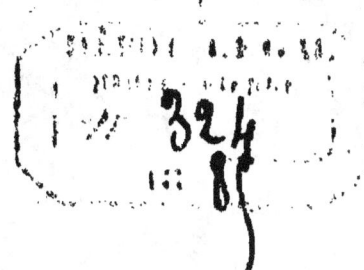

8° Y²
15895

Juliette et André

LA FILLE

DE

JACQUES L'OUVRIER

PAR

Marie GUERRIER DE HAUPT

LIMOGES

Marc BARBOU & Cie, Imprimeurs-Libraires

PROPRIÉTÉ DES ÉDITEURS

LA FILLE DE JACQUES

Jacques était ouvrier menuisier ; sa probité, son amour du
travail, lui avaient mérité l'es-
time de son patron, ses journées
étaient bonnes et lui permettaient
de subvenir aux besoins de sa famille.

Cette famille se composait de sa
femme et de deux enfants, Juliette
et André. Il avait épousé une jeune
fille de son pays, qui avait con-

serve les goûts simples de la campagne, et dont tout le bonheur consistait à maintenir l'ordre le plus parfait dans son ménage, à soigner son mari et ses enfants.

André n'avait encore que deux ans, mais sa sœur Juliette en avait onze. Elle venait de faire sa première communion, et le bon Jacques était d'autant plus fier de sa fille chérie que celle-ci était une demoiselle déjà savante.

Juliette avait pour marraine une dame excellente et fort riche, qui possédait un château dans le pays de ses parents, et qui, charmé de la gentillesse de l'enfant l'avait prise en grande affection. Cette dame, qui pendant l'hiver habitait Paris où Jacques était ouvrier, avait absolument voulu que Juliette reçût de l'instruction, et elle payait pour elle dans une bonne institution où la petite allait comme externe.

Jacques avait vu d'abord avec un secret déplaisir sa fille, alors âgée de huit ans, recevoir une éducation peu en rapport avec celle de ses parents, avec leurs goûts, leurs habitudes. Mais Juliette avait un naturel si heureux ; elle revenait de si bon cœur à la maison paternelle, elle se montrait si empressée d'aider sa mère dans les soins du ménage, que Jaques lui pardonnait le zèle qu'elle mettait à faire ses devoirs et à apprendre les leçons qu'on lui imposait à sa pension.

C'était donc une heureuse famille que celle de l'ouvrier Jacques ; le père se plaisait dans son intérieur, on ne le voyait jamais entrer dans un cabaret pour y boire en compagnie de camarades ivrognes ou fainéants.

Lorsqu'il voulait se réjouir avec quelques amis qu'il choisissait toujours parmi les ouvriers les plus honnêtes et les plus laborieux, il les invitait à venir partager le repas de sa famille apprêté par les mains de sa digne ménagère ; ceux-ci amenaient leurs femmes, leurs enfants, et si quelques verres de vin pris de plus qu'à l'ordinaire égayaient un peu ces bonnes gens, si les plaisanteries et les chansons animaient le dessert, les démonstrations de leur gaîté n'étaient du moins jamais de nature à blesser les oreilles de leurs femmes ou de leurs filles, et le travail du lendemain ne souffrait pas de ces distractions après lesquelles ils retournaient, au contraire, à l'ouvrage avec une nouvelle ardeur.

Mais le malheur vint s'abattre

sur cette heureuse famille ; un soir, la femme de Jacques, en rentrant après avoir passé la journée à laver du linge à la rivière, fut prise de frissons et dut se mettre au lit. Le lendemain, une forte fièvre se déclara, la maladie fit des progrès rapides, et dix jours après Juliette et André n'avaient plus de mère.

André était encore trop jeune pour comprendre la perte qu'il venait de faire, mais sa sœur comprenait, elle ; on eut toutes les peines du monde à l'éloigner du lit où sa bonne mère venait de rendre le dernier soupir ; et le désespoir de la pauvre enfant faisait mal à voir.

Mais le malheureux ouvrier était encore plus accablé qu'elle par sa douleur. Pâle, morne, il regardait fixement devant lui sans distinguer aucun objet; ses yeux étaient secs, mais ses lèvres tremblantes, ses traits altérés, témoignaient hautement de son désespoir.

Pendant les jours qui suivirent la mort de sa femme, Jacques fut incapable de se livrer à aucun travail, et quand il retourna chez son patron, il était méconnaissable. Ses cheveux avaient blanchi, son visage, qui jadis annonçait la force et la santé, s'était amaigri et avait perdu ses couleurs. Son activité, même, semblait l'avoir abandonné; souvent il interrompait son travail et restait planté pendant des demi-heures entières dans de sombres pensées. Il semblait alors oublier tout ce qui l'entourait; puis, soudain, revenant à lui, il poussait un profond soupir, et se remettait à l'ouvrage. Son patron, qui l'aimait et le plaignait, faignait de ne pas s'apercevoir de sa négligence; il espérait d'ailleurs que la douleur de Jacques se calmerait avec le temps et qu'il reviendrait, comme il l'était autrefois, le meilleur de ses ouvriers.

La sœur de Jacques, qui habitait la campagne, voyant la triste position de son frère, emmena le petit André, qui, grâce à sa grande jeunesse, était pour son père un embarras excessif. Quant à Juliette, sa marraine décida qu'elle entrerait comme pensionnaire dans l'institution où jusque là elle n'avait été qu'externe.

Cet arrangement, qui avait pour but d'ôter à Jacques la charge de deux enfants, trop jeunes encore pour se suffire à eux-mêmes, avait pourtant l'inconvénient de

le laisser dans une solitude com-
plète. Cet homme, habitué à la vie
de famille, à trouver chez lui, en
rentrant le soir après l'ouvrage,
une femme, des enfants qui at-
tendaient son arrivée, qui l'ac-
cueillaient avec bonheur, était
seul maintenant. Pas un visage
n'était là pour lui souhaiter la
bien venue quand il rentrait dans
le modeste logement, demeure
trop grande depuis qu'il n'était
plus animé par la présence des
êtres que Jacques aimait plus que
lui-même.

L'ordre qui régnait dans son
intérieur, grâce aux soins d'une

bonne ménagère, fit bientôt place
au désordre le plus complet, et
Jacques, tout entier à sa douleur,
ne s'en aperçut même pas. Ses
vêtements, qui n'étaient plus en-
tretenus, devinrent mal propres et
tombèrent en lambeaux, sans
qu'il songeât même à les renou-
veler. Ses repas, qu'il prenait à des
heures irrégulières et dans le premier cabaret venu, ne réparaient
pas ses forces épuisées ; sa santé
devint moins bonne, il éprouva
de violentes douleurs de poitrine
qui l'irritèrent et le rendirent
violent et irrascible de doux et
calme qu'il avait toujours été.

Juliette venait passer tous les quinze jours une après-midi chez son père; ce n'était pas une journée de plaisir pour la pauvre enfant, et cependant elle l'attendait toujours avec impatience; car, malgré sa grande jeunesse, elle comprenait ce que Jacques devait souffrir de l'isolement dans lequel il vivait. Elle aurait donné tout au monde pour quitter sa pension et venir diriger le ménage de son père; mais Juliette était d'un naturel timide, elle craignait de mécontenter sa marraine en lui faisant une semblable demande. Et le temps s'écoulait et l'état du pauvre père devenait de jour en jour plus inquiétant. La jeune fille s'efforçait bien de mettre à profit le peu de temps qu'elle passait chez Jacques ; mais que peut faire, malgré toute sa bonne volonté, une enfant de douze ans, qui ne dispose que d'une après-midi tous les quinze jours ?

Cependant, à peine arrivée, elle s'empressait d'ôter la robe de mérinos noir, le col et les manchettes qui formaient à sa pension le costume de rigueur. Elle mettait une simple robe d'indienne, relevait ses manches, et, les bras nus jusqu'au coude. se mettait en devoir de laver, d'essuyer, de nettoyer tout dans la maison. Puis, quand la nuit venait, que l'heure à laquelle son père devait rentrer approchait, Juliette allumait du feu et préparait le repas, qui, malgré l'inexpérience de la petite cuisinière, faisait grand bien à Jacques, en lui rappelant ses anciennes habitudes et en lui prouvant qu'il n'était pas seul sur la terre.

Après le repas, Juliette s'occupait à raccommoder de son mieux les vêtements de son père, jusqu'au moment où celui-ci la reconduisait à sa pension.

Les jours de congé de Juliette

étaient pour Jacques des jours de bonheur ; malheureusement ces moments où il oubliait un peu son chagrin étaient trop rares et bientôt il retombait dans un sombre découragement, dont il devenait de plus en plus difficile de le faire sortir.

Plus d'une fois des ouvriers dont il avait toujours fui la compagnie parce qu'ils étaient ivrognes et paresseux avaient cherché à profiter de son abattement pour lier conversation avec lui, en affectant de prendre part à sa peine. Mais, tout en évitant de les froisser par quelque parole blessante, il avait toujours repoussé leurs avances. Son meilleur, ou plutôt son seul ami, était un ouvrier menuisier, nommé Antoine, qui travaillait pour le même patron que lui, et qu'on citait pour sa bonne conduite. La femme d'Antoine avait été l'amie de la femme de Jacques, et cette circonstance avait un peu refroidi les relations des deux ouvriers, car Jacques, qui éprouvait toujours une sensation pénible en voyant la femme de son camarade, n'aimait pas à aller chez lui. Leurs rapports à l'atelier étaient toujours pourtant ceux de deux amis, et plus d'une fois Antoine avait

donné un coup de main à Jacques
pour finir une besogne pressée que
celui-ci, rendu insouciant par le
désespoir, avait négligé.

Un jour, Jacques, plus abattu
encore que d'ordinaire, fut ac-
costé, au moment où il se dispo-
sait à entrer dans un cabaret pour
y prendre son repas, par un indi-
vidu appelé Bertrand, ouvrier tapissier, dont il avait fait la connaissance dans une maison où ils
avaient travaillé ensemble.

Bertrand était justement un de
ceux avec lesquels il avait toujours soigneusement évité d'entrer
en relation, et (peut-être à cause

de cela) paraissait avoir le plus vif désir de devenir son ami.

Ah ! vous voilà, dit le tapissier en lui tendant la main ; je suis bien aise de vous rencontrer ; nous allons prendre un petit verre ; c'est moi qui régale.

Et prenant le bras de Jacques, il le poussait doucement dans le cabaret.

— Non, merci, dit froidement Jacques en se dégageant ; je n'ai pas encore déjeuné, et j'ai besoin de prendre quelque chose de plus solide qu'un petit verre.

— Bah ! venez toujours.

— Non, je vous remercie, reprit Jacques d'un ton à montrer à son interlocuteur qu'il était inutile d'insister.

— Allons, allons, ne nous fâchons pas, dit à son tour Bertrand ; ce sera pour une autrefois, voilà tout.

Et serrant une dernière fois la main de Jacques ,il le laissa entrer seul dans le cabaret. Mais cinq minutes ne s'étaient pas écoulées qu'il y rentra, et s'asseyant à peu de distance du menuisier, se fit servir un copieux déjeûner

Jacques, le coude appuyé sur la table et les yeux couverts par sa main droite, ne s'aperçut même pas de la présence de Bertrand. Malgré ce qu'il avait dit de son appétit quelques instants auparavant, il laissait intact devant lui le repas qu'on lui avait apporté, et semblait même avoir oublié l'endroit où il se trouvait.

Bertrand le regardait curieusement et paraissait étudier tous les mouvements de sa physionomie expressive.

Bertrand n'était pas, à proprement parler, un méchant homme, mais sa paresse et son goût pour la boisson en faisait un compagnon dangereux. Comme il n'aimait pas à travailler, il n'avait pas assez d'argent pour faire au cabaret des visites aussi fréquentes qu'il l'aurait désiré, et il cherchait à s'accrocher aux ouvriers qu'il supposait posséder quelques épargnes, dans l'espoir de se faire, comme il disait, *régaler* par eux.

On comprendra maintenant le motif des avances qu'il faisait à Jacques; celui-ci avait la réputation d'être un « piocheur » et de gagner de *fameuses* journées, c'était donc une connaissance précieuse pour Bertrand, qui comptait profiter de son isolement et de sa douleur pour lier amitié avec lui.

Cependant Jacques avait essayé

de manger quelques bouchées,
mais bientôt il était retombé dans
son abattement ordinaire. Les pensées qui l'occupaient devaient être
bien tristes, car, au bout de quelques instants, il releva la tête et re-
poussa brusquement l'assiette qui
était devant lui, en murmurant :

— Non, ce n'est pas vivre que
de mener une pareille existence !

Et, se levant, il se dirigea vers
le comptoir pour payer sa dé-
pense.

— C'est alors que Bertrand s'a-
vança et lui tendit la main.

— Allons, allons, camarade,
dit-il, à quoi sert de se laisser

abattre ainsi comme un enfant; je comprends votre position; elle n'est pas gaie, assurément, pourtant, est-ce une raison pour repousser l'amitié d'un brave garçon, qui ne vous vaut pas sans doute mais qui a le cœur sur la main et qui voudrait pour beaucoup soulager un peu votre peine?

— Je ne repousse l'amitié de personne, dit doucement Jacques, et je vous remercie de vos bonnes paroles; mais ma société n'est pas amusante, et je préfère être seul.

Et Jacques fit de nouveau mine de s'éloigner.

— Non pas, non pas, reprit son

tenace compagnon ; puisque vous ne repoussez pas mon amitié, vous ne pouvez vouloir m'humilier en refusant le petit verre que je vous ai offert de bon cœur ; allons venez.

Soit crainte d'humilier Bertrand, soit insouciance, soit même un désir inavoué d'échanger quelques paroles avec un être vivant et de se distraire un peu, Jacques céda. Le premier petit verre fut suivi d'un second, puis on se sépara en se donnant rendez-vous pour le lendemain au même endroit, car Jacques était trop fier pour accepcepter d'être ainsi *régalé* sans rendre la politesse qu'il avait reçue. Le menuisier se rendit à son ouvrage avec un certain mécontentement intérieur, et n'osa pas dire à Antoine la rencontre qu'il avait faite. Bertrand passa la journée à flâner dans la ville, en se félicitant d'avoir enfin atteint le but qu'il poursuivait depuis si longtemps.

Le lendemain, c'était au tour de Jacques à faire les honneurs ; il ne pouvait se montrer aussi réservé que la veille, et, pour faire boire son convive, il but lui même plus qu'il en avait l'habitude ; sans être positivement ivre, il n'eut plus la conscience bien nette de tout ce qui se passait autour de lui, et, pour la première fois depuis la mort de sa femme, il oublia son chagrin.

Quand il reprit complétement l'usage de sa raison, il ressentit quelque honte de s'être laissé aller à un pareil excès. Mais Bertrand sut si bien lui persuader que le manque d'habitude et non la quantité de vin et d'eau-de-vie qu'il avait bue, était la cause de sa demi ivresse, que Jacques en vint bientôt à rougir, non pas de s'être enivré, mais de s'être enivré avec si peu de boisson.

Cependant, après avoir oublié un

instant et son malheur et son isolement, la réalité lui parut encore
plus pénible à supporter ; aussi,
Bertrand n'eut-il pas beaucoup de
peine à le décider à chercher de
nouveau un bonheur mensonger
dans la folie momentanée que don-
ne l'ivresse. Au bout de quelque
temps, Antoine s'aperçut du chan-
gement de conduite de son ami ;
il essaya de lui adresser quelques
remontrances, mais celui-ci, irrité
justement parce qu'il avait la conscience de ses torts, le reçut fort
mal, et, oubliant tout ce qu'il
devait à l'amitié d'Antoine, osa lui

déclarer qu'il n'y avait plus rien de commun entre-eux.

Bertrand avait grand soin de former toujours de nouveaux projets pour Jacques, de sorte que celui-ci passait maintenant la plus grande partie de son temps au cabaret. Il ne se réservait que les jours de congé de Juliette, ce qui déplaisait à Bertrand, qui remarquait fort bien que son nouvel ami, le lendemain du jour qu'il avait passé dans son intérieur avec sa fille, paraissait moins disposé à perdre son temps et à boire avec lui. Il mettait tout en œuvre pour arriver à éloigner Jacques de sa maison les jours où la jeune fille y venait. Il le plaisantait sur sa demoiselle, qui, parce qu'elle était élevée dans un pensionnat comme une grande dame, prétendait mener son père et lui défendait d'aller avec ses amis lorsqu'elle était chez lui ; comme si les hommes ne devaient pas faire leurs affaires, causer avec d'autres hommes et boire un coup au besoin tandis que les femmes et les petites filles restent à la maison.

Ses lazzis et ses raisonnements n'avaient pas eu le pouvoir d'empêcher Jacques de dîner avec Juliette et de passer la soirée près d'elle, mais ils avaient réussi pour lant à le rendre moins doux et moins affectueux pour sa fille, et la pauvre enfant qui ne connaissait pas Bertrand et ne savait rien des nouvelles habitudes de son père se demandait avec anxiété ce qui avait pu changer ainsi ses manières d'être avec elle.

Mais Juliette devait tout apprendre à la fois, et le coup dont elle était menacée devait lui paraître d'autant plus cruel qu'il était plus imprévu.

Jacques travaillait de moins en moins. Par conséquent, il gagnait fort peu; et cependant il dépensait plus qu'il ne l'avait jamais fait.

foncièrement honnête, il était bien
loin encore d'avoir recours pour se
procurer de l'argent, aux moyens em-
ployés par Bertrand, qui emprun-
tait sans scrupule des sommes qu'il
savait bien ne pas pouvoir rendre,
ou qui achetait à crédit des choses
qu'il ne pouvait espérer être en état
de payer.

Le seul moyen que Jaques em-
ployait pour se procurer sans travailler l'argent dont il avait besoin,
c'était de vendre les meubles et les
vêtements qu'il possédait. Depuis
un certain temps, chaque fois que
Juliette venait chez son père, elle
remarquait l'absence de quelque

objet qu'elle y avait vu auparavant. Les premières fois elle s'était informée de ce qu'étaient devenus ces objets, mais son père était entré alors dans une si violente colère qu'elle n'avait plus osé lui adresser de question.

Un jour, elle entra chez Jacques, après avoir pris la clef que celui-ci, en se rendant à son ouvrage, déposait toujours chez une voisine. Quelle ne fut pas sa surprise en voyant qu'à l'exception du lit de son père, d'une mauvaise table boiteuse et d'une chaise, la chambre était complétement démeublée ! Tout avait disparu ! tout, jusqu'à la grande armoire où sa mère serrait le linge et que Jacques avait faite lui-même au moment de son mariage ; tout, jusqu'au berceau d'osier qui avait servi tour à tour à elle et à son petit frère André et que ses parents avaient toujours conservé avec un soin religieux ! Le premier mouvement de Juliette fut de courir chez la voisine pour lui demander ce qui s'était passé, mais elle fut retenue par un sentiment indéfinissable qui lui faisait craindre de mettre des étrangers de moitié dans ce que son père voulait peut-être tenir secret. Elle se rappelait la colaire de Jacques au moment où elle avait remarqué la disparition de plusieurs meubles, et elle craignait de le mécontenter encore. Elle se mit tristement en devoir de réunir et de ranger le peu de vêtements qui étaient épars sur le lit; elle lava le plancher et les fenêtres; trouva à grand peine deux assiettes, deux verres et quelques pièces de poterie commune; puis elle se disposa à préparer le dîner et sortit pour faire ses emplettes.

Toutes les marchandes du quartier l'aimaient; on appréciait sa douceur, son dévouement à ses parents; mais toutes la regardaient

avec commisération et lui adres-
saient des paroles d'amitié comme
si elles eussent voulu la consoler
d'un malheur dont personne, cependant, n'osait parler.

Juliette avait le cœur serré par
un triste pressentiment; pour tâ-
cher d'obtenir quelques détails de
nature à la rassurer, elle dit à une
marchande : — Je vais me dépêcher
de préparer le diner de mon père;
il ne tardera sans doute pas à rentrer. L'avez-vous vu quand il est
allé à l'atelier ce matin ? — Oui,
oui certainement, je l'ai vu , grom-
mela la marchande; à l'atelier,

ou ailleurs. Il est parti avec son ami, son cher Bertrand.

— Bertrand? demanda Juliette étonnée ; qui est ce Bertrand ? je ne le connais pas.

— Bah! ne vous en occupez pas, allez, mon enfant ; ce n'est pas grand'chose de bon.

Voilà tout ce que Juliette avait pu savoir ; et elle était rentrée, plus inquiète encore qu'auparavant.

Elle prépara le diner avec plus de soin encore qu'à l'ordinaire· puis, reprenant son ouvrage, elle se mit à travailler en attendant son père.

Mais l'heure à laquelle il rentrait habituellement se passa sans que Jacques parùt, et la soirée entière s'écoula pour Juliette dans une attente qui devenait de plus en plus cruelle à mesure qu'il se faisait plus tard.

C'était la première fois que Jacques l'abandonnait ainsi ; et quand vint le moment de rentrer à la pension, la pauvre enfant ne put se résoudre à partir sans avoir vu son père ; elle résolut de l'attendre, d'autant plus qu'elle tremblait qu'il ne lui fût arrivé quelque accident.

Elle attendit ainsi jusqu'à plus de minuit, le sommeil la gagnait, et, malgré tous ses efforts, elle s'endormait sur sa chaise.

Tout-à-coup on frappa rudement à la porte, et Juliette, éveillée en sursaut, courut ouvrir.

Deux hommes ivres entrèrent; et son effroi se changea en un profond désespoir lorsque dans l'un de ces deux hommes elle reconnut son père bien-aimé.

— Ah! c'est toi, petite; je t'avais oubliée; j'en suis fâché. Pauvre enfant, tu as dû t'ennuyer toute seule ici ; d'autant plus q ue ce n'est pas beau, ici, ajouta-t-il en jetant un regard autour de lui.,

— Oh ! père, je suis co ntente, puisque vous voilà, dit Juliette un peu embarrassée.

— C'est ce fainéant de Ber trand, continua Jacques, qui est cal se de tout, il m'a emmené pour ˑ une heure, disait-il, et il m'a r sten jusqu'à présent.

— C'est ça, ricana Bertr md'; excuse-toi, mon vieux ; d emande pardon à ta princesse de fille ; allons, elle va te mettre en pé nitence, sois tranquille, à genoux au milieu de la chambre, comme on fait à son école.

— Je ne lui demande pas pardon, dit Jacques contrarié, je suis son maître.

— Tu crois, dit ironiquement Bertrand; il n'y paraît guère.

Ah ! pour le coup, c'est trop fort ! s'écria Jacques, en colère, Juliette, est-ce que tu prétendrais me mener, par hasard ?

— Oh ! non, mon père, murmura la pauvre fille toute tremblante.

— Mais, j'y pense; comment es-tu ici, à cette heure ? pourquoi n'es-tu pas retourné à ta pension ?

— Mon père... je vous atten-dais.

— Ah ! tu m'attendais ! et pour-quoi, s'il te plaît ? pour me faire la leçon, dis ? pour me montrer que je rentre trop tard ; pour me mettre en pénitence, comme dit Bertrand ! Ah ! si je savais ! s'écria-t-il d'une voix de tonnerre en s'avançant vers sa fille comme s'il eût voulu la battre.

— Celle-ci, éperdue, pâle comme une morte, recula jusqu'au fond de la chambre.

— A la bon heure, dit à son tour Bertrand, voilà comme il faut par-ler aux femmes pour leur montrer qu'on est le maître, autrement on n'est plus libre de ses actions. Allons, allons, la petite, ne faites pas tant la mijaurée, et prenez le chemin de la porte, plus vite que ça.

Et le misérable s'approcha de Juliette pour lui prendre le bras.

Celle-ci, au comble de la terreur, s'élança vers Jacques.

— Oh! père, père ! s'écria-t-elle, au secours ! défendez-moi ! Le méchant homme veut me chasser de chez-vous, au milieu de la nuit ! Défendez-moi, père chéri !

Jacques aimait tendrement sa fille ; sans bien comprendre le motif de la terreur de Juliette, il se mit en devoir de la défendre. Il la fit passer derrière lui et s'avançant vers Bertrand :

— Tu oses faire peur à ma fille! toi! lui dit-il; hors d'ici, et tout de suite, ou si non...

Le geste dont il accompagna ses paroles était assez éloquent pour que Bertrand ne fût pas tenté de demander des explications. Il ouvrit doucement la porte et sortit aussitôt.

Dès que Juliette se vit seule avec son père, elle alla tirer les verrous de la porte d'entrée, puis, l'énergie qui l'avait soutenue jusqu'alors l'abandonnant, elle se jeta à genoux devant l'unique chaise qui se trouvait dans la chambre et donna un libre cours à ses larmes.

Mais Jacques était hors d'état de comprendre la douleur de son enfant ; le bras levé comme pour menacer, il regardait devant lui d'un air hébété en murmurant des phrases entrecoupées et inintelligibles. L'instinct, plutôt que sa volonté, le guida vers son lit, sur lequel il se jeta tout habillé et où il s'endormit aussitôt d'un sommeil de plomb.

Quant à Juliette, elle ne dormit pas. Elle fit une longue prière, puis

elle passa le reste de la nuit assise
à réfléchir. Le matin, dès qu'elle
jugea l'heure convenable, elle quitta
Jacques, toujours endormi, et se
rendit chez sa marraine, qui de-
meurait heureusement à peu de
distance. Elle raconta à l'excellente
dame tout ce qui s'était passé, en
atténuant autant que possible les
torts de son père et en faisant au
contraire ressortir avec une adresse
inspirée par son excellent cœur et
par son dévouement filial tout ce
qui était de nature à intéresser en
faveur de Jacques. Elle peignit son
isolement dans un moment où, accablé par le chagrin, il aurait eu

plus besoin que jamais d'être en-
touré de soin et d'affection, elle
expliqua à sa marraine le pitoyable
état dans lequel se trouvait le ménage de Jacques et toutes les rai-
sons qu'il avait de fuir un intérieur
pareil et de chercher des distractions au dehors. Enfin elle termina
en la suppliant de la retirer de son
pensionnat et de lui permettre de
consacrer tout son temps à soigner
son père.

La marraine de Juliette, tout en
apprenant le désir de la jeune fille
crut devoir lui représenter toutes les
difficultés de la tâche qu'elle allait
entreprendre. Mais celle-ci était

inébranlable dans ses résolutions:
à toutes les observations qu'elle
lui faisait elle répondait.

— Ma place est auprès de mon
père ; si j'étais restée avec lui il
n'aurait pas fait la connaissance de
ce vilain Bertrand. D'ailleurs, je ne
suis plus un enfant ; j'ai quatorze
ans ; je suis forte et courageuse,
ma maîtresse de pension assure
que j'ai bien profité des leçons que
j'ai reçues chez elle ; je parvien-
drai, j'en suis sûre, à rendre notre
maison si agréable à mon père, et
je le soignerai si bien qu'il ne vou-
dra plus voir ce méchant homme
qui m'a tant effrayée.

Il fut donc décidé que la mar
raine de Juliette irait, dans la jour
née, faire part à la maîtresse de
pension de ce nouvel arrangemnt,
et qu'elle enverrait chez Jacques le
modeste trousseau de sa filleule.

Quand Juliette rentra, Jacques
dormait encore ; mais il ne tarda
pas à s'éveiller et fut agréablement
surpris en voyant sa fille lui pré-
senter une tasse de café noir bien
chaud.

— Tiens, fillette, dit-il, c'est une
bonne idée que tu as eue là.

— Père, dit simplement Juliette,
voici du linge en bon état pour que
vous puissiez en changer, et si

ous voulez mettre cet habit que j'ai réparé hier soir, je tâcherai aujourd'hui d'arranger un peu celui que vous avez.

— Mais sais-tu, mon enfant, que tu es une bonne fille, dit Jacques; on a beau dire, les femmes dans une maison ça y met plus d'ordre que nous autres hommes, qui n'entendent rien à toutes ces niaiseries. Et pourtant çä a son bon côté; ce café m'a fait du bien; je me sens tout réconforté.

Tandis que Juliette cherchait dans l'autre chambre et organisait un lit pour elle avec de vieux sacs de chiffons, et que Jacques chan-

geait de vêtements, ce dernier se
prit à réfléchir à tout ce qui s'était
passé la veille, et s'il ne put arriver à s'en rendre parfaitement
compte, il comprit du moins que
sa fille avait dû être fort étonnée
de le voir dans un pareil état.

— Dis donc, petite, lui demanda-
t-il lorsqu'il eut remplacé ses vêtements tachés et déchirés par le linge blanc et l'habit d'une propreté
irréprochable que lui avait présenté
Juliette ; qu'as-tu pensé en me
voyant rentrer cette nuit ?

Et la figure du pauvre père
trahissait malgré lui la poignante

anxiété avec laquelle il attendait la réponse de son enfant.

— J'ai pensé que vous étiez malade, père, répondit-elle avec simplicité.

— Et... et... Bertrand... celui qui... était avec moi... était-il malade? Juliette hésita; elle ne fut pas maîtresse d'un mouvement de dégoût, et, malgré la résolution qu'elle avait prise de ne rien dire qui pût faire de la peine à son père, elle répondit avec l'expression du plus profond mépris.

— Lui! oh! non, il n'était pas malade; il était ivre.

A ce mot, le sang monta avec violence au visage de Jacques.

— Ah! dit-il avec effort, et en affectant de rire, quoiqu'il n'en eût pas la moindre envie, il était ivre et moi j'étais malade? nous n'étions donc pas pareils tous les deux.

— Oh! pour cela, non, père! repartit vivement l'enfant, regrettant le mot qu'elle avait laissé échapper, et s'efforçant de réparer sa faute. Vous n'étiez pas pareils, car j'avais peur de lui et je n'avais pas peur de vous, car il a voulu me battre, et vous m'avez défendue.

— Il a voulu te battre, lui, Bertrand ! s'écria Jacques, devenant pâle, de rouge qu'il était un instant auparavaut ; et pourquoi ?

— Pour me chasser de votre maison, père, au milieu de la nuit. Mais vous ne le lui avez pas permis, et c'est lui, au contraire, que vous avez chassé.

— Oui... c'est vrai, je me souviens, murmura Jacques, à qui, effectivement la mémoire de ce qui s'était passé revenait peu à peu. Mais, enfant, reprit-il en changeant de ton, apprête-toi, je vais te reconduire à la pension.

— C'est inutile, mon père, dit

Juliette avec fermeté, je reste près de vous; ma marraine est prévenue, on doit m'envoyer mes effets dans la journée.

— Vrai ! s'écria Jacques tout surpris. Mais ce n'est pas beau ici, aujouta-t-il un peu embarrassé ; il n'y a plus de meubles.

— Quest-ce que cela me fait, père; ce que je veux, c'est d'être avec vous.

— Et.... et puis.... je n'ai pas d'argent.

— Eh ! bien, n'est-ce que cela ? répondit l'enfant; c'est demain samedi, jour de paye, vous en recevrez, et j'achèterai à crédit notre dîner d'aujourd'hui.

— Hem! j'en recevrai... murmura Jacques, songeant qu'il n'avait pas fait, dans toute sa semaine, le travail d'une journée. Enfin, je verrai, reprit-il tout haut; en tous cas, tu es une bonne fille, et je serai content de t'avoir près de moi.

— Oh! merci, père! s'écria Juliette; nous serons ensemble, et, si vous le voulez, nous ferons revenir André; vous verrez que j'en aurai bien soin.

— André? non, pas encore, dit

Jacques. Plus tard nous verrons; maintenant c'est inutile.

Et Jacques se rendit à l'atelier, décidé à faire une bonne journée pour grossir un peu la somme qu'il devait apporter le lendemain à sa fille.

Mais il est plus facile de prendre de bonnes résolutions que de les tenir; le brave homme avait compté sans les railleries de Bertrand, sans le mépris qu'il devinait chez Antoine, sans la sévérité de son patron, qui ne voyait dans son retour à l'atelier que le désir de se procurer quelque argent pour le dépenser en compagnie de Bertrand et d'autres compagnons du même genre dans tous les cabarets du quartier.

Il tint bon cependant, et Juliette fut bien heureuse, car son père revint dîner avec elle, le vendredi et le samedi ; et le dimanche il la mena faire une longue promenade. Malheureusement, le lundi, il se laissa de nouveau entraîner par Bertrand et quelques autres, et sa pauvre fille dut l'attendre une partie de la nuit.

Une année entière se passa ainsi ; avec des alternatives de bien et de mal. Jacques passait quelquefois une semaine à travail-

ler et à mener une vie régulière
comme il le faisait jadis, mais
une partie de plaisir se présentait
pour lui, un repos arrosé de bon
vin lui était offert, et bientôt il
oubliait sa fille, qui lui cachait
soigneusement le chagrin qu'elle
éprouvait.

Juliette, qui ne pouvait compter
sur le gain de son père, avait
cherché du travail, et, comme
elle avait profité des leçons qu'on
lui avait données à sa pension,
qu'elle cousait fort bien, qu'elle
était fort adroite et qu'elle avait
une très-belle écriture, elle avait,
a force de recherches et de persévé-

rance, fini par obtenir de
l'ouvrage pour un magasin de
vêtements confectionnés, et des
copies pour une dame qui se
chargeait de faire copier ainsi pour
une somme très-minime, des
manuscrits dont les auteurs la
payaient assez cher.

Grâce au travail de Juliette, à
l'ordre et à la stricte économie
qu'elle faisait régner dans la maison,
le ménage de son père avait repris
une apparence de bien être et de
confort, et si l'on n'y voyait aucun
objet de luxe, du moins ne
manquait·on pas du nécessaire.
Juliette, qui mettait son bonheur à

remplir son devoir, se serait trouvée heureuse si Jacques eût cessé complétement de fréquenter Bertrand; mais elle respectait trop son père pour oser jamais lui adresser la moindre observation à ce sujet.

Un lundi que Jacques, Bertrand et quelques camarades étaient assis autour d'une table sur laquelle un certain nombre de bouteilles vides se chargeaient d'expliquer la gaîté des convives, Bertrand qui, la veille, avait rencontré Jacques donnant le bras à sa fille, s'avisa de lui dire en plaisentant.

— Elle est très-gentille ta fille;

quand tu voudras la marier; je me mets sur les rangs.

— Ma fille, répondit Jacques en fronçant le sourcil, ne manquera pas de prétendants, et je ne la donnerai jamais à un mauvais sujet comme toi.

Ici les rires éclatèrent de toutes parts.

— Bravo, Jacques, s'écria l'un; bien répondu.

— .Ah! papa Jacques, dit .'autre, il paraît que nous avons de l'ambition! Eh! bien, ce n'est pas défendu: tu marieras ta fille au fils de ton patron.

— Pourquoi pas? dit Jacques

sérieusement, le fils du patron pourrait choisir plus mal.

— Pourquoi pas ? reprit Bertrand, qui n'avait pas pardonné à Jacques la réponse que celui-ci lui avait faite, parce que , mon vieux, toi qui me trouves mauvais sujet, tu ne vaux pas mieux que moi, et parce que le fils de ton patron ne deviendra jamais ton gendre. Si tu veux marier ta fille, tu feras bien de ne pas faire trop le difficile, autrement, quand même elle serait encore cent fois plus mijaurée qu'elle ne l'est, elle courrait grand risque de coiffer sainte Catherine.

On s'attendait à une vigoureuse reponse de la part de Jacques, qui resta un instant silencieux, et qui, à la grande surprise des assistants, se leva tout-à-coup et vint serrer la main de Bertrand en disant :

— Merci, mon camarade; tu m'as fait beaucoup de mal, mais tu viens de le réparer; je n'oublierai jamais le service que tu m'as rendu aujourd'hui. Adieu. Et Jacques sortit, tandis que Bertrand disait, en haussant les épaules :

— Il est fou; laissez-le, sa lubie passera.

Mais Jacques n'était pas fou, car,

en quittant ses compagnons de table, il alla trouver Antoine, à qui il demanda franchement pardon de ses torts envers lui et qu'il pria de l'accompagner chez son patron. Antoine, comprenant que cette fois Jacques avait pris une sérieuse résolution, y consentit volontiers. Le patron fut enchanté de voir le meilleur de ses ouvriers revenir décidément au bien, et il fut décidé que le dimanche suivant on fêterait chez Antoine la réconciliation des deux amis.

Qui fut heureuse ce jour-là? ce fut Juliette, qui, en apprenant que son père était redevenu l'ami d'Antoine, comprit bien qu'il avait rompu à tout jamais avec Bertrand.

En effet cette fois la crainte de perdre l'avenir de sa fille rendit Jacques inébranlable dans sa résolution ; Antoine et son patron l'aidèrent d'ailleurs de tous leurs efforts.

Mais ce fut autour de Jacques d'être heureux lorsque, deux ans plus tard, le jour où Juliette atteignit ses dix sept ans, son patron, accompagné d'Antoine, vint lui faire visite et lui demander, en grande cérémonie pour son fils la main de sa chère enfant dont la sagesse, la modestie, la douceur étaient appréciées de tous ceux qui la connaissaient et qui avaient pu juger de son amour du travail et de son dévouement filial ; ses qualités, plus encore que son charmant visage, la rendaient digne d'être recherchée en mariage par un honnête homme qui mettrait son bonheur à la rendre heureuse.

Jacques ne pouvait en croire ses oreilles, et quand Antoine, souriant de son émotion, eut demandé à Juliette son avis sur le le mariage qu'on lui proposait ; quand elle eut répondu en rougissant qu'elle y consentirait volontiers si son père le voulait, des larmes de joie inondèrent le visage du brave ouvrier, qui tendit une main tremblante à son patron, en disant à Juliette :

— Dis-moi, petite, je crois que maintenant nous pouvons faire revenir André ?

— Il viendra pour la noce, répondit Antoine, et il restera ici pour recevoir de son père l'exemple du travail et de la bonne conduite.

FIN

Limoges. — Imp. Marc Barbou et Cie.

DEFET D'IMPRIMERIE TROUVE DANS LA RELIURE

3°. Lorsqu'il sera nécessaire de réunir les habitants pour prévenir ou arrêter quelque accident de nature à exiger leur concours, comme dans le cas d'incendie, d'inondation, d'invasion de l'ennemi, d'émeute, et dans tout autre cas de nécessité publique.

Art. 5

Les sonneries ordonnées par le Maire ou son délégué devront être exécutées par le sonneur attitré de l'Eglise qui recevra, de ce chef, une indemnité fixée par le conseil municipal.

En cas de refus de ce sonneur, le Maire pourra nommer un sonneur spécial pour exécuter les sonneries civiles. Ce sonneur civil pourra être révoqué par le Maire et sera exclusivement soumis à ses ordres.

www.ingramcontent.com/pod-product-compliance
Lightning Source LLC
Chambersburg PA
CBHW070816260626
47161CB00006B/2301